Die Reisen des Baron zu Münchhausen
Hieronymus Carl Friedrich Freiherr von Münchhausen

Die Reisen des Baron zu Münchhausen
Hieronymus Carl Friedrich Freiherr von Münchhausen

Bibliografische Information der Deutschen Nationalbibliothek:
Die Deutsche Nationalbibliothek verzeichnet diese Publikation in
der Deutschen Nationalbibliografie; detaillierte bibliografische
Daten sind im Internet über http://dnb.dnb.de abrufbar.
© 2017 Hieronymus Carl Friedrich Freiherr von Münchhausen
ISBN 9783746064161
Herstellung und Verlag: BoD – Books on Demand, Norderstedt

Des

Freyherrn von Münchhausen

Wunderbare Reisen,

aus dem Englischen,

mit Kupfern.

Wunderbare

Reisen

zu

Wasser und Lande,

Feldzüge und lustige Abentheuer

des

Freyherrn von Münchhausen,

wie er dieselben bey der Flasche im Cirkel seiner Freunde selbst zu
erzählen pflegt.

———————————

Aus dem Englischen nach der neuesten Ausgabe übersetzt, hier und
da erweitert und mit noch mehr Kupfern gezieret.

———————————

London 1786.

Glaubt's nur, ihr gravitätischen Herrn!
Gescheidte Leute narriren gern.

Vorrede zur ersten Ausgabe.

Der Freyherr von Münchhausen zu Bodenwerder, ohnweit Hameln an der Weser, gehört zu dem edlen Geschlechte gleiches Nahmens, welches den deutschen Staaten des Königs von Großbritannien den verstorbenen Premierminister und mehrere andere vornehme Beamten geschenkt hat. [6] Er ist ein Mann von der originellesten Laune; und da er vielleicht gefunden hat, wie schwer es oft hält, verschrobenen Köpfen geraden Menschenverstand einzuräsoniren, und wie leicht hergegen ein dreister Haberecht eine ganze Versammlung zu übertäuben und aus ihren fünf Sinnen hinauszuschreyen vermag: so läßt er sich in solchen Fällen niemals auf Widerlegungen ein; sondern wendet zuerst geschickt die Unterredung auf gleichgültige Gegenstände, und dann erzählt er irgend ein Geschichtchen von seinen Reisen, Feldzügen und schnurrigen Abentheuern in einem ihm [7] ganz eigenthümlichen Tone, der aber gerade der rechte ist, die Kunst zu lügen, oder höflicher gesagt, das lange Messer zu handhaben, aus ihrem ruhigen Schlupfwinkel hervor zu kitzeln und blank zu stellen.

Da dieses Mittel schon öfter von gutem Erfolge gewesen ist, so sey es uns hiermit erlaubt, dem Publikum einige von seinen Geschichtchen vorzulegen, und diejenigen, die etwa unter berüchtigte Prahlhänse gerathen, zu bitten, sich bey jeder schicklichen Gelegenheit ebendesselben zu bedienen. Gelegenheit aber wird seyn, so oft [8] Jemand unter der Maske der Wahrheit in ganzem Ernste falsche Dinge behauptet und auf Kosten seiner eigenen Ehre auch diejenigen hintergehet, die zum Unglück seine Zuhörer sind.

Zur zweyten Ausgabe.

Der schnelle Abgang der ersten Ausgabe dieses Werkchens beweiset hinlänglich, daß dem Publikum sein moralischer Endzweck in dem rechten Lichte erschienen ist. Vielleicht hätte man es noch schicklicher: Lügenstrafer, betitelt, da in der That keine Unart verächtlicher ist, als die Ohren seiner Freunde mit Unwahrheiten zu behelligen.

Der Baron selbst ist ein Mann von außerordentlicher Ehre, der sein Vergnügen daran findet, diejenigen zur Schau auszustellen, welche zu Betrügereyen jeder Art geneigt sind. Er thut dieses auf eine sehr drollige Art, wenn er in großen Gesellschaften diejenigen Geschichten erzählt, welche dem Publikum in dieser kleinen Sammlung überliefert werden. Sie ist ansehnlich durch seine Schiff- und See-Abentheuer vermehrt, und durch vier Vorstellungen von seinem eigenen Pinsel verschönert.

Zur deutschen Uebersetzung.

Dieß Büchlein ist in der deutschen Uebersetzung, die sich eben nicht ängstlich an die Worte bindet, hier und da durch neue Einschaltungen erweitert, und dürfte bey einer künftigen Auflage, deren es sich nicht ganz ohne Ursache schmeichelt, leicht noch um ein beträchtliches vermehrt werden. Denn unser Land ist nicht nur voll von ähnlichen Geschichten, sondern auch die Quelle, woraus diese entsprungen sind, wird hoffentlich noch nicht vertrocknet seyn. So ein Büchlein, wie dieses, ist freylich weder ein Systema, noch Tractatus, noch Commentarius, noch Synopsis, noch Compendium, und es hat keine einzige von allen Classen unserer vornehmen Academien und Societäten der Wissenschaften daran Antheil. Wenn es indessen auch weiter nichts thut, als daß es auf eine unschuldige Art zu lachen macht, so braucht, deucht mich, der Vorredner eben nicht gerade in pontificalibus in Mantel, Kragen und Stutzperücke aufzutreten, um es dem geneigten Leser ehrbarlich zu empfehlen. Denn es ist alsdann, so klein und frivol es immer scheinen mag, leicht mehr werth, als eine ganze große Menge dickbeleibter ehrenvester Bücher, wobey man weder lachen noch weinen kann, und worin weiter nichts steht, als was in hundertmal mehr andern dickbeleibten ehrenvesten Büchern längst gestanden hat. Auch paßt alsdann nicht übel hieher eine Stelle aus des alten ehrlichen vergessenen Rollenhagens Vorrede zu seinem Froschmäuseler, die ein wenig modernisirt also lautet:

Der Graubart, der mit dürren Knochen
Der Lehre nichts kann, als poltern und pochen,
Und hören mag kein lustiges Wort,
Der packe zusammen und trolle sich fort!

Zwar wollen wir's gänzlich nicht veschwören,
Ihn auf ein andres Mal zu hören,
Wenn nehmlich uns auch die Nasen blau
Und Haar und Bart sich färben grau;
Auch sonst wohl zu gelegener Stund'.
Denn Wermuth ist nicht immer gesund.
Man trinkt ja wohl auch neuen Wein,
Und tunkt in frischen Honig 'mal ein.
Die Natur erneut ein neuer Genuß.
Stets Einerley macht Ueberdruß,

Wie alles der alten Meister Trutzen.
Der Wechsel nur schafft Lust und Nutzen.
Man schilt oft spöttisch Zeitvertreib,
Was stärkt zur Arbeit Seel' und Leib.
Das nehmen wir nicht zu Herzen und Sinnen,
Und wollen in Gottes Nahmen beginnen.

Des Freyherrn von Münchhausen

Eigene Erzählung.

Ich trat meine Reise nach Rußland von Haus ab mitten im Winter an, weil ich ganz richtig schloß, daß Frost und Schnee die Wege durch die nördlichen Gegenden von Deutschland, Pohlen, Kur- und Liefland, welche jeder Reisende, als fast noch elender, wie die nach dem Tempel der Tugend, beschreibet, endlich, ohne besondere Kosten hochpreislicher wohlfürsorgender Landes-Regierungen, ausbessern müßte. Ich reiste zu Pferde, welches, wenn es sonst nur gut um Gaul und Reiter steht, die bequemste Art zu reisen ist. Denn man riskirt alsdann weder mit irgend einem „höflichen" deutschen Postmeister eine Affaire d'honneur zu bekommen, noch von seinem durstigen Postilion vor jede Schenke geschleppt zu werden. Ich war nur leicht bekleidet, welches ich ziemlich übel empfand, jeweiter ich gegen Nordost hin kam. Nun kann man sich einbilden, wie bey so strengem Wetter, unter dem rauhesten Himmelsstriche, einem armen alten Manne zu Muthe seyn mußte, den ich in Pohlen unter einem Haselbusche an der Heerstraße antraf, wie er so hülflos und schaudernd dalag und kaum hatte, womit er seine Schaamblöße bedecken konnte.

Der arme Teufel dauerte mich von ganzer Seele. Ob mir nun gleich selbst das Herz im Leibe fror, so warf ich dennoch meinen Reisemantel über ihn her. Plözlich erscholl eine Stimme vom Himmel, die dieses Liebeswerk ganz ausnehmend herausstrich und mir zurief:

Hohl mich der Teufel, mein Sohn, das soll dir nicht unvergolten bleiben!

Ich ließ das gut seyn und ritt weiter, bis Nacht und Dunkelheit mich überfielen. Nirgends war ein Dorf zu hören, noch zu sehn. Das ganze Land lag unter Schnee; und ich wußte weder Weg noch Steg.

Des Reitens müde stieg ich endlich ab, und band mein Pferd an eine Art von spitzem Baumstaken, der über dem Schnee hervorragte.

Zur Sicherheit nahm ich meine Pistolen unter den Arm, legte mich nicht weit davon in den Schnee nieder und that ein so gesundes Schläfchen, daß mir die Augen nicht eher wieder aufgingen, als bis es heller lichter Tag war. Wie groß war aber mein Erstaunen, als ich fand, daß ich mitten in einem Dorfe auf dem Kirchhofe lag! Mein Pferd war anfänglich nirgends zu sehn; doch hörte ichs bald darauf irgend wo über mir. Als ich nun empor sah, so wurde ich gewahr, daß es an den Wetterhahn des Kirchthurms gebunden war und von da herunter hing. Nun wußte ich sogleich, wie ich dran war. Das Dorf war nehmlich die Nacht über ganz und gar zugeschneyet gewesen; das Wetter hatte sich auf einmal umgesetzt; ich war im Schlafe nach und nach, so wie der Schnee zusammen geschmolzen war, ganz sanft herabgesunken; und was ich in der Dunkelheit für den Stummel eines Bäumchens, der über dem Schnee hervorragte, gehalten, und daran mein Pferd gebunden hatte, das war das Kreuz oder der Wetterhahn des Kirchthurmes gewesen.

Ohne mich nun lange zu bedenken, nahm ich eine von meinen Pistolen, schoß nach dem Halfter, kam glücklich auf die Art wieder an mein Pferd und verfolgte meine Reise.

Hierauf ging alles gut, bis ich nach Rußland kam, wo es eben nicht Mode ist, des Winters zu Pferde zu reisen. Wie es nun immer meine Maxime ist, mich nach dem bekannten: ländlich sittlich, zu richten, so nahm ich dort einen kleinen Rennschlitten auf ein einzelnes Pferd und fuhr wohlgemuth auf St. Petersburg los. Nun weiß ich nicht mehr recht, ob es in Esthland, oder in Ingermanland war, so viel aber besinne ich mich noch wohl, es war mitten in einem fürchterlichen Walde, als ich einen entsetzlichen Wolf, mit aller Schnelligkeit des gefräßigsten Winterhungers hinter mir ansetzen sah. Er hohlte mich bald ein; und es war schlechterdings unmöglich, ihm zu entkommen. Mechanisch legte ich mich platt in den Schlitten nieder und ließ mein Pferd zu unserm beiderseitigen Besten ganz allein agiren. Was ich zwar vermuthete, aber kaum zu hoffen und zu erwarten wagte, das geschah unmittelbar. Der Wolf bekümmerte sich nicht im mindesten um meine Wenigkeit, sondern sprang über mich hinweg, fiel wüthend auf das Pferd, riß ab und verschlang auf einmal den ganzen Hintertheil des armen Thieres, welches vor Schrecken und Schmerz nur desto schneller lief. Wie ich nun auf die Art selbst so unbemerkt und gut davon gekommen war, so erhob ich ganz verstohlen mein Gesicht und nahm mit Entsetzen wahr, daß der Wolf sich beynahe über und über in das Pferd hineingefressen hatte. Kaum aber hatte er sich so hübsch hineingezwänget, so nahm ich mein Tempo wahr, und fiel ihm tüchtig mit meiner Peitschenschnur auf das Fell. Solch ein unerwarteter Ueberfall in diesem Futteral verursachte ihm keinen geringen Schreck; er strebte mit aller Macht vorwärts; der Leichnam des Pferdes fiel zu Boden, und siehe! an seiner Statt steckte mein Wolf in dem Geschirre. Ich meines Orts hörte nun noch weniger auf zu peitschen, und wir langten in vollem Galopp gesund und wohlbehalten in St. Petersburg an, ganz gegen unsere beiderseitigen respective Erwartungen, und zu nicht geringem Erstaunen aller Zuschauer.

Ich will Ihnen, meine Herren, mit Geschwätz von der Verfassung, den Künsten, Wissenschaften und andern Merkwürdigkeiten dieser prächtigen Hauptstadt Rußlands keine lange Weile machen; vielweniger Sie mit allen Intriguen und lustigen Abentheuern der Gesellschaften vom Bonton, wo die Frau vom Hause den Gast allzeit mit einem Schnaps und Schmatz empfängt, unterhalten. Ich halte mich vielmehr an größere und edlere Gegenstände Ihrer Aufmerksamkeit, nehmlich an Pferde und Hunde, wovon ich immer ein großer Freund gewesen bin; ferner an Füchse, Wölfe und Bären, von welchen, so wie von anderm Wildpret, Rußland einen größern Ueberfluß, als irgend ein Land auf Erden hat; endlich an solche Lustparthien, Ritterübungen und preisliche Thaten, welche den Edelmann besser kleiden, als ein Bischen muffiges Griechisch und Latein, oder alle Riechsächelchen, Klunkern und Capriolen französischer Schöngeister und – Haarkräuseler.

Da es einige Zeit dauerte, ehe ich bey der Armee angestellt werden konnte, so hatte ich ein Paar Monathe lang vollkommene Muße und Freyheit, meine Zeit sowohl, als auch mein Geld auf die adelichste Art von der Welt zu verjunkeriren. Sie können sich leicht vorstellen, meine Herren, daß ich von beiden nicht wenig außer der Stadt mit solchen wackern Kumpanen verthat, welche ein offenes unbeschränktes Waldrevier gehörig zu schätzen wußten.

Sowohl die Abwechselung des Zeitvertreibes, welchen dieses mir darbot, als auch das außerordentliche Glück, womit mir jeder Streich gelang, gereichen mir noch immer zur angenehmsten Erinnerung.

Eines Morgens sah ich durch das Fenster meines Schlafgemachs, daß ein großer Teich, der nicht weit davon lag, mit wilden Enten gleichsam überdeckt war. Flugs nahm ich mein Gewehr aus dem Winkel, sprang zur Treppe hinab, und das so über Hals und Kopf, daß ich unvorsichtiger Weise mit dem Gesichte gegen die Thürpfoste rennte. Feuer und Funken stoben mir aus den Augen; aber das hielt mich keinen Augenblick zurück. Ich kam bald zum Schuß; allein wie ich anlegte, wurde ich zu meinem großen Verdrusse gewahr, daß durch den so eben empfangenen heftigen Stoß sogar der Stein von dem Flintenhahne abgesprungen war. Was sollte ich nun thun? Denn Zeit war hier nicht zu verlieren. Glücklicher Weise fiel mir ein, was sich so eben mit meinen Augen zugetragen hatte. Ich riß also die Pfanne auf, legte mein Gewehr gegen das wilde Geflügel an und ballte die Faust gegen eins von meinen Augen. Von einem derben Schlage flogen wieder Funken genug heraus, der Schuß ging los, und ich traf fünf Paar Enten, vier Rothhälse, und ein Paar Wasserhühner. Gegenwart des Geistes ist die Seele mannhafter Thaten. Wenn Soldaten und Seeleute öfters dadurch glücklich davon kommen, so dankt der Waidmann ihr nicht seltener sein gutes Glück.

So schwammen einst auf einem Landsee, an welchen ich auf einer Jagdstreiferey gerieth, einige Dutzend wilder Enten allzu weit von einander zerstreut umher, als daß ich mehr denn eine einzige auf einen Schuß zu erlegen hoffen konnte; und zum Unglück hatte ich meinen letzten Schuß schon in der Flinte. Gleichwohl hätte ich sie gern alle gehabt, weil ich nächstens eine ganze Menge guter Freunde und Bekannten bey mir zu bewirthen Willens war. Da besann ich mich auf ein Stückchen Schinkenspeck, welches von meinem mitgenommenen Mundvorrath in meiner Jagdtasche noch übrig geblieben war. Dieses befestigte ich an eine ziemlich lange Hundeleine, die ich aufdrehte und so wenigstens noch um viermal verlängerte. Nun verbarg ich mich im Schilfgesträuch am Ufer, warf meinen Speckbrocken aus und hatte das Vergnügen zu sehen, wie die nächste Ente hurtig herbeyschwamm und ihn verschlang.

Der ersten folgten bald alle übrigen nach, und da der glatte Brocken am Faden gar bald unverdauet hinten wieder herauskam, so verschlang ihn die nächste, und so immer weiter. Kurz der Brocken machte die Reise durch alle Enten samt und sonders hindurch, ohne von seinem Faden loszureißen. So saßen sie denn alle daran, wie Perlen an der Schnur. Ich zog sie gar allerliebst ans Land, schlang mir die Schnur ein halbes Dutzendmal um Schultern und Leib, und ging meines Weges nach Hause zu. Da ich noch eine ziemliche Strecke davon entfernt war, und mir die Last von einer solchen Menge Enten ziemlich beschwerlich fiel, so wollte es mir fast leid thun, ihrer allzu viele eingefangen zu haben. Da kam mir aber ein seltsamer Vorfall zu Statten, der mich Anfangs in nicht geringe Verlegenheit setzte. Die Enten waren nehmlich noch alle lebendig, fingen, als sie von der ersten Bestürzung sich erholt hatten, gar mächtig an mit den Flügeln zu schlagen und sich mit mir hoch in die Luft zu erheben. Nun wäre bey manchem wohl guter Rath theuer gewesen. Allein ich benutzte diesen Umstand, so gut ich konnte, zu meinem Vortheil, und ruderte mich mit meinen Rockschößen nach der Gegend meiner Behausung durch die Luft. Als ich nun gerade über meiner Wohnung angelangt war und es darauf ankam, ohne Schaden mich herunter zu lassen, so drückte ich einer Ente nach der Andern den Kopf ein, sank dadurch ganz sanft und allmählich gerade durch den Schornstein meines Hauses mitten auf den Küchenherd, auf welchem zum Glück noch kein Feuer angezündet war, zu nicht geringem Schreck und Erstaunen meines Koches. – Wie gesagt, man muß sich nur in der Welt zu helfen wissen.

Ein andresmal stieß mir in einem ansehnlichen Walde von Rußland ein wunderschöner schwarzer Fuchs auf. Es wäre Jammer-Schade gewesen, seinen kostbaren Pelz mit einem Kugel- oder Schrotschusse zu durchlöchern. Herr Reineke stand dicht bey einem Baume. Augenblicklich zog ich meine Kugel aus dem Laufe, lud dafür einen tüchtigen Brettnagel in mein Gewehr, feuerte und traf so künstlich, daß ich seine Lunte fest an den Baum nagelte. Nun ging ich ruhig zu ihm hin, nahm mein Waidmesser, gab ihm einen Kreuzschnitt übers Gesicht, griff nach meiner Peitsche und karbatschte ihn so artig aus seinem schönen Pelze heraus, daß es eine wahre Lust und ein rechtes Wunder zu sehen war.

Zufall und gutes Glück machen oft manchen Fehler wieder gut. Davon erlebte ich bald nach diesem ein Beyspiel, als ich mitten im tiefsten Walde einen wilden Frischling und eine Bache dicht hinter einander hertraben sah. Meine Kugel hatte gefehlt. Gleichwohl lief der Frischling vorn ganz allein weg, und die Bache blieb stehen, ohne Bewegung, als ob sie an den Boden festgenagelt gewesen wäre. Wie ich das Ding näher untersuchte, so fand ich, daß es eine alte blinde Bache war, die ihres Frischlings Schwänzlein im Rachen hielt, um von ihm aus kindlicher Pflicht fürbaß geleitet zu werden. Da nun meine Kugel zwischen beiden hindurchgefahren war, so hatte sie diesen Leitzaum zerrissen, wovon die alte Bache das eine Ende noch immer kauete. Da nun ihr Leiter sie nicht weiter vorwärts gezogen hatte, so war sie stehen geblieben. Ich ergriff daher das übriggebliebene Endchen von des Frischlings Schwanze, und leitete daran das alte hülflose Thier ganz ohne Mühe und Widerstand nach Hause.

So fürchterlich diese wilden Bachen oft sind, so sind die Keiler doch weit grausamer und gefährlicher. Ich traf einst einen im Walde an, als ich unglücklicher Weise weder auf Angriff noch Vertheidigung gefaßt war. Mit genauer Noth konnte ich noch hinter einen Baum schlüpfen, als die wüthende Bestie aus Leibeskräften einen Seitenhieb nach mir that. Dafür fuhren aber auch seine Hauer dergestalt in den Baum hinein, daß er weder imstande war, sie sogleich wieder heraus zu ziehen, noch den Hieb zu wiederholen. – „Ha ha! dachte ich, nun wollen wir dich bald kriegen!" – Flugs nahm ich einen Stein, hammerte noch vollends damit drauf los und nietete seine Hauer dergestalt um, daß er ganz und gar nicht wieder loskommen konnte. So mußte er sich denn nun gedulden, bis ich vom nächsten Dorfe Karn und Stricke herbeygehohlt hatte, um ihn lebendig und wohlbehalten nach Hause zu schaffen, welches auch ganz vortreflich von Statten ging.

Sie haben unstreitig, meine Herren, von dem Heiligen und Schutzpatron der Waidmänner und Schützen, St. Hubert, nicht minder auch von dem stattlichen Hirsche gehört, der ihm einst im Walde aufstieß, und welcher das heilige Kreuz zwischen seinem Geweyhe trug. Diesem Sanct habe ich noch alle Jahre mein Opfer in guter Gesellschaft dargebracht, und den Hirsch wohl tausendmal, sowohl in Kirchen abgemahlt, als auch in die Sterne seiner Ritter gestickt, gesehen, so daß ich auf Ehre und Gewissen eines braven Waidmanns kaum zu sagen weiß, ob es entweder nicht vor Zeiten solcher Kreuzhirsche gegeben habe, oder wohl gar noch heutiges Tages gebe. Doch lassen Sie sich vielmehr erzählen, was ich mit meinen eigenen Augen sah. Einst, als ich alle mein Bley verschossen hatte, stieß mir ganz wider mein Vermuthen, der stattlichste Hirsch von der Welt auf. Er blickte mir so, mir nichts, dir nichts, ins Auge, als ob ers auswendig gewußt hätte, daß mein Beutel leer war. Augenblicklich lud ich indessen meine Flinte mit Pulver und darüber her eine ganze Hand voll Kirschsteine, wovon ich, so hurtig sich das thun ließ, das Fleisch abgesogen hatte. Und so gab ich ihm die volle Ladung mitten auf seine Stirn zwischen das Geweyhe. Der Schuß betäubte ihn zwar – er taumelte – machte sich aber doch aus dem Staube. Ein oder zwey Jahre darnach war ich in eben demselben Walde auf der Jagd; und siehe! zum Vorschein kam ein stattlicher Hirsch, mit einem vollausgewachsenen Kirschbaume, mehr denn zehn Fuß hoch, zwischen seinem Geweyhe. Mir fiel gleich mein voriges Abentheuer wieder ein; ich betrachtete den Hirsch als mein längst wohl erworbenes Eigenthum, und legte ihn mit einem Schusse zu Boden, wodurch ich denn auf einmal an Braten und Kirschtunke zugleich gerieth. Denn der Baum hing reichlich voll Früchte, die ich in meinem ganzen Leben so delicat nicht gegessen hatte. Wer kann nun wohl sagen, ob nicht irgend ein passionirter heiliger Waidmann, ein jagdlustiger Abt oder Bischoff, das Kreuz auf eine ähnliche Art durch einen Schuß auf St. Huberts Hirsch zwischen das Gehörne gepflanzt habe? Denn diese Herren waren ja von je und je wegen ihres Kreuz- und – Hörnerpflanzens berühmt, und sind es zum Theil noch bis auf den heutigen Tag. Im Falle der Noth, und wenn es Aut oder Naut gilt, welches einem braven Waidmanne nicht selten begegnet, greift er lieber wer weiß wozu, und versucht eher alles, als daß er sich die günstige Gelegenheit entwischen läßt. Ich habe mich manches liebes Mal selbst in einer solchen Lage der Versuchung befunden.

Was sagen Sie zum Exempel von folgenden Casus? – Mir waren einmal Tageslicht und Pulver in einem pohlnischen Walde ausgegangen. Als ich nach Hause ging, fuhr mir ein ganz entsetzlicher Bär, mit offenem Rachen, bereit mich zu verschlingen, auf den Leib. Umsonst durchsuchte ich in der Hast alle meine Taschen nach Pulver und Bley. Nichts fand ich, als zwey Flintensteine, die man auf einen Nothfall wohl mitzunehmen pflegt. Davon warf ich einen aus aller Macht in den offenen Rachen des Ungeheuers, ganz seinen Schlund hinab. Wie ihm nun das nicht allzuwohl deuchten mochte, so machte mein Bär links um, so daß ich den andern nach der Hinterpforte schleudern konnte. Wunderbar und herrlich ging alles von Statten. Der Stein fuhr nicht nur hinein, sondern auch mit dem andern Steine im Magen dergestalt zusammen, daß es Feuer gab und den Bär mit einem gewaltigen Knalle auseinander sprengte. Man sagt, daß so ein wohl applicirter Stein a posteriori, besonders wenn er mit einem a priori recht zusammen fuhr, schon manchen bärbeißigen Gelehrten und Philosophen in die Luft sprengte. – Ob ich nun gleich dasmal mit heiler Haut davon kam, so möchte ich das Stückchen doch eben nicht noch einmal machen, oder mit einem Bär, ohne andere Vertheidigungsmittel, anbinden.

Es war aber gewissermaßen recht mein Schicksal, daß die wildesten und gefährlichsten Bestien mich gerade alsdann angriffen, wenn ich außer Stande war, ihnen die Spitze zu bieten, gleichsam als ob ihnen der Instinct meine Wehrlosigkeit verrathen hätte. So schoß mir einmal unversehens ein fürchterlicher Wolf so nahe auf den Leib, daß mir nichts weiter übrig blieb, als ihm, dem mechanischen Instinct zufolge, meine Faust in den offenen Rachen zu stoßen. Gerade meiner Sicherheit wegen stieß ich immer weiter und weiter und brachte meinen Arm beynahe bis an die Schulter hinein. Was war aber nun zu thun? – Ich kann eben nicht sagen, daß mir diese unbehülfliche Situation sonderlich anstand. – Man denke nur, Stirn gegen Stirn mit einem Wolfe! – Wir äugelten uns eben nicht gar lieblich an. Hätte ich meinen Arm zurückgezogen, so wäre mir die Bestie nur desto wüthender zu Leibe gesprungen. So viel ließ sich klar und deutlich aus seinen flammenden Augen herausbuchstabiren. Kurz, ich packte ihn beym Eingeweide, kehrte sein äußeres zu innerst, wie einen Handschuh, um, schleuderte ihn zu Boden und ließ ihn da liegen.

Dieß Stückchen hätte ich nun wieder nicht an einem tollen Hunde versuchen mögen, welcher bald darauf in einem engen Gäßchen zu St. Petersburg gegen mich anlief. „Lauf was du kannst!" dachte ich. Um desto besser fortzukommen, warf ich meinen Ueberrock ab, und rettete mich geschwind ins Haus. Den Rock ließ ich hernach durch meinen Bedienten hereinhohlen und zu den andern Kleidern in die Garderobe hängen. Tages darauf gerieth ich in ein gewaltiges Schrecken durch meines Johanns Geschrey: „Herr Gott, Herr Baron, ihr Ueberrock ist toll!" Ich sprang hurtig zu ihm hinauf und fand fast alle meine Kleider umher gezerrt und zu Stücken zerrissen. Der Kerl hatte es auf ein Haar getroffen, daß der Ueberrock toll sey. Ich kam gerade noch selbst dazu, wie er über ein schönes neues Gallakleid herfiel und es auf eine gar unbarmherzige Weise zerschüttelte und umherzauste.

In allen diesen Fällen, meine Herren, wo ich freylich immer glücklich, aber doch nur immer mit genauer Noth davon kam, half mir das Ohngefähr, welches ich durch Tapferkeit und Gegenwart des Geistes zu meinem Vortheile lenkte. Alles zusammen genommen macht, wie Jedermann weiß, den glücklichen Jäger, Seemann und Soldaten aus. Der aber würde ein sehr unvorsichtiger, tadelnswerther Waidmann, Admiral und General seyn, der sich überall nur auf das Ohngefähr, oder sein Gestirn verlassen wollte, ohne sich weder um die besonders erforderlichen Kunstfertigkeiten zu bekümmern, noch sich mit denjenigen Werkzeugen zu versehen, die den guten Erfolg sichern. Ein solcher Tadel trifft mich keinesweges. Denn ich bin immer berühmt gewesen, sowohl wegen der Vortreflichkeit meiner Pferde, Hunde und Gewehre, als auch wegen der besondern Art, das alles zu handhaben, so daß ich mich wohl rühmen kann, in Forst, Wiese und Feld meines Nahmens Gedächtniß hinlänglich gestiftet zu haben. Ich will mich nun zwar nicht auf Particularitäten von meinen Pferd- und Hundeställen, oder meiner Gewehrkammer einlassen, wie Stall- Jagd- und Hunde-Junker sonst wohl zu thun pflegen; aber eines meiner Lieblingshunde muß ich doch noch Erwähnung thun. Das Thierchen war ein Windspiel. Mein lebelang hatte, oder sah ich kein besseres. Es wurde alt in meinem Dienste, und war minder wegen seiner Gestalt, als wegen seiner außerordentlichen Schnelligkeit merkwürdig.

Mit diesem Hunde jagte ich beständig Jahr aus Jahr ein. Hätten die Herren ihn gesehen, so würden sie ihn gewiß bewundert, und sich gar nicht verwundert haben, daß ich ihn so lieb hatte und so oft mit ihm jagte. Er lief so schnell, so oft und so lange in meinem Dienste, daß er sich die Beine ganz bis dicht unterm Leibe weglief, und ich ihn in seiner letzten Lebenszeit nur noch als Dachssucher gebrauchen konnte, in welcher Qualität er mir denn ebenfalls noch manch liebes Jahr diente.

Weiland noch als Windspiel – beyläufig zu melden, es war eine Hündinn – setzte sie einst hinter einem Hasen her, der mir ganz ungewöhnlich dick vorkam. Es that mir leid um meine arme Hündinn; denn sie war mit Jungen trächtig, und wollte doch noch eben so schnell laufen, als sonst. Nur in sehr weiter Entfernung konnte ich zu Pferde nachfolgen. Auf einmal hörte ich ein Geklaffe, wie von einer ganzen Kuppel Hunde, allein so schwach und zart, daß ich nicht wußte, was ich daraus machen sollte. Wie ich näher kam, sah ich mein himmelblaues Wunder. Die Häsinn hatte im Laufen gesetzt, und meine Hündinn geworfen; und zwar jene gerade eben so viel junge Hasen, als diese junge Hunde. Instinctmäßig hatten jene die Flucht genommen, diese aber nicht nur gejagt, sondern auch gefangen. Dadurch gelangte ich am Ende der Jagd auf einmal zu sechs Hasen und Hunden, da ich doch nur mit einem einzigen angefangen hatte.

Ich gedenke dieser wunderbaren Hündinn mit eben dem Vergnügen, als eines vortreflichen Lithauischen Pferdes, welches nicht mit Gelde zu bezahlen war. Dieß bekam ich durch ein Ohngefähr, welches mir Gelegenheit gab, meine Reitkunst zu meinem nicht geringen Ruhme zu zeigen. Ich war nehmlich einst auf dem prächtigen Landsitze des Grafen Przobofsky in Lithauen und blieb im Staatszimmer bey den Damen zum Thee, indessen die Herrn hinunter in den Hof gingen, um ein junges Pferd von Geblüte zu besehen, welches so eben aus der Stuterey angelangt war. Plötzlich hörten wir wie einen Nothschrey. – Ich eilte die Treppe hinab und fand das Pferd so wild und unbändig, daß Niemand sich getrauete, sich ihm zu nähern, oder es zu besteigen. Bestürzt und verwirrt standen die entschlossensten Reiter da; Angst und Besorgniß schwebte auf allen Gesichtern, als ich mit einem einzigen Sprunge auf seinem Rücken saß, und das Pferd durch diese Ueberraschung nicht nur in Schrecken setzte, sondern es auch durch Anwendung meiner besten Reiterkünste gänzlich zu Ruhe und Gehorsam brachte. Um dieß den Damen noch besser zu zeigen und ihnen alle unnöthige Besorgniß zu ersparen, so zwang ich den Gaul, durch eins der offenen Fenster des Theezimmers mit mir hineinzusetzen. Hier ritt ich nun verschiedenemale, bald Schritt, bald Trott, bald Galopp herum, setzte endlich sogar auf den Theetisch und machte da im Kleinen überaus artig die ganze Schule durch, worüber sich denn die Damen ganz ausnehmend ergötzten. Mein Rößchen machte alles so bewundernswürdig geschickt, daß es weder Kannen noch Tassen zerbrach. Dies setzte mich bey den Damen und dem Herrn Grafen so hoch in Gunst, daß er mit seiner gewöhnlichen Höflichkeit mich bat, das junge Pferd zum Geschenke von ihm anzunehmen, und auf selbigem in dem Feldzuge gegen die Türken, welcher in kurzem unter Anführung des Grafen Münnich eröffnet werden sollte, auf Sieg und Eroberung auszureiten.

Ein angenehmeres Geschenk hätte mir nun wohl nicht leicht gemacht werden können, besonders da es mir so viel gutes von einem Feldzuge weißagte, in welchem ich mein erstes Probestück als Soldat ablegen wollte. Ein Pferd, so gefügig, so muthvoll und feurig – Lamm und Bucephal zugleich – mußte mich allezeit an die Pflichten eines braven Soldaten, und an die erstaunlichen Thaten erinnern, welche der junge Alexander im Felde verrichtet hatte.

Wir zogen, wie es scheinet, unter andern auch in der Absicht zu Felde, um die Ehre der russischen Waffen, welche in dem Feldzuge unter Czaar Peter am Pruth ein wenig gelitten hatte, wieder herzustellen. Dieses gelang uns auch vollkommen durch verschiedene zwar mühselige, aber doch rühmliche Feldzüge, unter Anführung des großen Feldherrn, dessen ich vorhin erwähnte.

Die Bescheidenheit verbietet es Subalternen, sich große Thaten und Siege zuzuschreiben, wovon der Ruhm gemeiniglich den Anführern, ihrer Alltagsqualitäten ungeachtet, ja wohl gar verkehrt genug Königen und Königinnen in Rechnung gebracht wird, welche niemals anderes als Musterungs-Pulver rochen, nie außer ihren

Lustlagern ein Schlachtfeld, noch außer ihren Wachtparaden ein Heer in Schachtordnung erblickten.

Ich mache also keinen besondern Anspruch an die Ehre von unsern größern Affären mit dem Feinde. Wir thaten insgesamt unsere Schuldigkeit, welches in der Sprache des Patrioten, des Soldaten, und kurz des braven Mannes ein sehr viel umfassender Ausdruck, ein Ausdruck von sehr wichtigem Inhalt und Belang ist, obgleich der große Haufen müssiger Kannengießer sich nur einen sehr geringen und ärmlichen Begriff davon machen mag. Da ich indessen ein Corps Husaren unter meinem Comando hatte, so ging ich auf verschiedene Expeditionen aus, wo das Verhalten meiner eigenen Klugheit und Tapferkeit überlassen war. Den Erfolg hiervon, denke ich denn doch, kann ich mit gutem Fug auf meine eigene und die Rechnung derjenigen braven Gefährten schreiben, die ich zu Sieg und Eroberung führte.

Einst, als wir die Türken in Oczakow hineintrieben, gings bey der Avantgarde sehr heiß her. Mein feuriger Lithauer hätte mich beynahe in des Teufels Küche gebracht. Ich hatte einen ziemlich entfernten Vorposten und sah den Feind in einer Wolke von Staub gegen mich anrücken, wodurch ich wegen seiner wahren Anzahl und Absicht gänzlich in Ungewißheit blieb. Mich in eine ähnliche Wolke von Staub einzuhüllen wäre freylich wohl ein Alltagspfiff gewesen, würde mich aber eben so wenig klüger gemacht, als überhaupt der Absicht näher gebracht haben, warum ich vorausgeschickt war. Ich ließ daher meine Flanqueurs zur linken und rechten auf beyden Flügeln sich zerstreuen, und so viel Staub erregen, als sie nur immer konnten. Ich selbst aber ging gerade auf den Feind los, um ihn näher in Augenschein zu nehmen. Dieß gelang mir. Denn er stand und focht nur so lange, bis die Furcht vor meinen Flanqueurs ihn in Unordnung zurücktrieb. Nun wars Zeit, tapfer über ihn herzufallen. Wir zerstreueten ihn völlig, richteten eine gewaltige Niederlage an, und trieben ihn nicht allein in seine Festung zu Loche, sondern auch durch und durch, ganz über und wider unsere blutgierigsten Erwartungen.

Weil nun mein Lithauer so außerordentlich geschwind war, so war ich der Vorderste beym Nachsetzen, und da ich sah, daß der Feind so hübsch zum gegenseitigen Thore wieder hinausfloh, so hielt ichs für rathsam, auf dem Marktplatze anzuhalten, und da zum Rendezvous blasen zu lassen. Ich hielt an, aber stellt euch, ihr Herren, mein Erstaunen vor, als ich weder Trompeter, noch irgend eine lebendige Seele von meinen Husaren um mich sah. – „Sprengen sie etwa durch andere Straßen? Oder was ist aus ihnen geworden?" – dachte ich. Indessen konnten sie meiner Meinung nach unmöglich fern seyn und mußten mich bald einholen. In dieser Erwartung ritt ich meinen athemlosen Lithauer zu einem Brunnen auf dem Marktplatze und ließ ihn trinken. Er soff ganz unmäßig und mit einem Heißdurste, der gar nicht zu löschen war. Allein das ging ganz natürlich zu. Denn als ich mich nach meinen Leuten umsah, was meint Ihr wohl, Ihr Herren, was ich da erblickte? – Der ganze Hintertheil des armen Thieres, Kreuz und Lenden waren fort, und wie rein abgeschnitten. So lief denn hinten das Wasser eben so wieder heraus, als es von vorn hineingekommen war, ohne daß es dem Gaul zu gute kam, oder ihn erfrischte. Wie das zugegangen seyn mochte, blieb mir ein völliges Räthsel, bis ich zum Stadtthore zurückritt. Da sah ich nun, daß man, als ich pêle mêle mit dem fliehenden Feinde hereingedrungen war, das Schutzgatter, ohne daß ichs wahrgenommen, fallen gelassen hatte, wodurch denn der Hintertheil, der noch zuckend an der Außenseite des Thores lag, rein abgeschlagen war. Der Verlust würde unersetzlich gewesen seyn, wenn nicht unser Curschmid ein Mittel ausgesonnen hätte, beyde Theile, so lange sie noch warm waren, wieder zusammen zu setzen. Er heftete sie nehmlich mit jungen Lorbeer-Sprößlingen, die gerade bey der Hand waren, zusammen. Die Wunde heilte zu; und es begab sich etwas, das nur einem so ruhmvollen Pferde begegnen konnte. Nehmlich, die Sprossen schlugen Wurzel in seinem Leibe, wuchsen empor und wölbten eine Laube über mir, so daß ich hernach manchen ehrlichen Ritt im Schatten meiner sowohl als meines Rosses Lorbeern thun konnte.

Einer andern kleinen Ungelegenheit von dieser Affäre will ich nur beyläufig erwähnen. Ich hatte so heftig, so lange, so unermüdet auf den Feind losgehauen, daß mein Arm dadurch endlich in eine unwillkührliche Bewegung des Hauens gerathen war, welcher ich nicht mehr steuern konnte, als der Feind schon längst über alle Berge war. Um mich nun nicht selbst, oder meine Leute, die mir zu nahe kamen, für nichts und wider nichts zu prügeln, und zu Ruhe und Schlaf zu gelangen, sah ich mich genöthigt, meinen Arm in die Acht Tage lang eben so gut in der Binde zu tragen, als ob er mir halb abgehauen gewesen wäre.

Einem Manne, meine Herren, der einen Gaul, wie mein Lithauer war, zu reiten vermochte, können Sie auch wohl noch ein anderes Voltigir- und Reiterstückchen zutrauen, welches außerdem vielleicht ein wenig fabelhaft klingen möchte. Wir belagerten nehmlich, ich weiß nicht mehr welche Stadt, und dem Feldmarschal war ganz erstaunlich viel an genauer Kundschaft gelegen, wie die Sachen in der Festung stünden. Es schien äußerst schwehr, ja fast unmöglich, durch alle Vorposten, Wachen und Festungswerke hinein zu gelangen, auch war eben kein tüchtiges Subject vorhanden, wodurch man so was glücklich auszurichten hätte hoffen können. Vor Muth und Diensteifer fast ein wenig allzu rasch, stellte ich mich neben eine der größten Kanonen, die so eben nach der Festung abgefeuert ward, und sprang im Hui auf die Kugel, in der Absicht, mich in die Festung hineintragen zu lassen. Als ich aber halbweges durch die Luft geritten war, stiegen mir allerley nicht unerhebliche Bedenklichkeiten zu Kopfe. „Hum, dachte ich, hinein kommst du nun wohl, allein wie hernach sogleich wieder heraus? Und wie kanns dir in der Festung ergehen? Man wird dich sogleich als einen Spion erkennen und an den nächsten Galgen hängen. Ein solches Bette der Ehren wollte ich mir denn doch wohl verbitten." Nach diesen und ähnlichen Betrachtungen entschloß ich mich kurz, nahm die glückliche Gelegenheit wahr, als eine Kanonenkugel aus der Festung einige Schritte weit vor mir vorüber nach unserm Lager flog, sprang von der meinigen auf diese hinüber, und kam, zwar unverrichteter Sache, jedoch wohlbehalten bey den lieben Unsrigen wieder an.

So leicht und fertig ich im Springen war, so war es auch mein Pferd. Weder Graben noch Zäune hielten mich jemals ab, überall den geradesten Weg zu reiten. Einst setzte ich darauf hinter einem Hasen her, der queerfeldein über die Heerstraße lief. Eine Kutsche mit zwey schönen Damen fuhr diesen Weg gerade zwischen mir und dem Hasen vorbey. Mein Gaul setzte so schnell und ohne Anstoß mitten durch die Kutsche hindurch, wovon die Fenster aufgezogen waren, daß ich kaum Zeit hatte, meinen Huth abzuziehen, und die Damen wegen dieser Freyheit unterthänigst um Verzeihung zu bitten.

Ein andres Mal wollte ich über einen Morast setzen, der mir anfänglich nicht so breit vorkam, als ich ihn fand, da ich mitten im Sprunge war. Schwebend in der Luft wendete ich daher wieder um, wo ich hergekommen war, um einen größern Anlauf zu nehmen. Gleichwohl sprang ich auch zum zweytenmale noch zu kurz, und fiel nicht weit vom andern Ufer bis an den Hals in den Morast. Hier hätte ich ohnfehlbar umkommen müssen, wenn nicht die Stärke meines eigenen Armes mich an meinem eigenen Haarzopfe, samt dem Pferde, welches ich fest zwischen meine Kniee schloß, wieder herausgezogen hätte.

Trotz aller meiner Tapferkeit und Klugheit, trotz meiner und meines Pferdes Schnelligkeit, Gewandtheit und Stärke, gings mir in dem Türkenkriege doch nicht immer nach Wunsche. Ich hatte sogar das Unglück, durch die Menge übermannt und zum Kriegsgefangenen gemacht zu werden. Ja, was noch schlimmer war, aber doch immer unter den Türken gewöhnlich ist, ich wurde zum Sclaven verkauft. In diesem Stande der Demüthigung war mein Tagewerk nicht sowohl hart und sauer, als vielmehr seltsam und verdrießlich. Ich mußte nehmlich des Sultans Bienen alle Morgen auf die Weide treiben, sie daselbst den ganzen Tag lang hüten, und dann gegen Abend wieder zurück in ihre Stöcke treiben. Eines Abends vermißte ich eine Biene, wurde aber sogleich gewahr, daß zwey Bären sie angefallen hatten, und ihres Honigs wegen in Stücke zerreißen wollten. Da ich nun nichts anderes waffenähnliches in Händen hatte, als die silberne Axt, welche das Kennzeichen der Gärtner und Landarbeiter des Sultans ist, so warf ich diese nach den beiden Räubern, bloß in der Absicht, sie damit wegzuscheuchen. Die arme Biene setzte ich auch wirklich dadurch in Freyheit; allein durch einen unglücklichen allzu starken Schwung meines Armes flog die Axt in die Höhe, und hörte nicht auf zu fliegen, bis sie im Monde nieder fiel. Wie sollte ich sie nun wieder kriegen? Mit welcher Leiter auf Erden sie herunterholen? Da fiel mir ein, daß die türkischen Bohnen sehr geschwind und zu einer ganz erstaunlichen Höhe empor wüchsen. Augenblicklich pflanzte ich also eine solche Bohne, welche wirklich empor wuchs, und sich an eines von des Mondes Hörnern von selbst anrankte. Nun kletterte ich getrost nach dem Monde empor, wo ich auch glücklich anlangte. Es war ein ziemlich mühseliges Stückchen Arbeit, meine silberne Axt an einem Orte wieder zu finden, wo alle andere Dinge gleichfalls wie Silber glänzten. Endlich aber fand ich sie doch auf einem Haufen von Spreu und Häckerling. Nun wollte ich wieder zurückkehren, aber ach! die Sonnenhitze hatte indessen meine Bohne aufgetrocknet, so daß daran schlechterdings nicht wieder herabzusteigen war. Was war nun zu thun? – Ich flocht mir einen Strick von dem Häckerlinge, so lang ich ihn nur immer machen konnte. Diesen befestigte ich an eines von des Mondes Hörnern und ließ mich daran herunter. Mit der linken Hand hielt ich mich fest und in der rechten führte ich meine Axt. Sowie ich nun eine Strecke hinunter geglitten war, so hieb ich immer das überflüßige Stück über mir ab, und knüpfte dasselbe unten wieder an, wodurch ich denn ziemlich weit herunter gelangte. Dieses wiederhohlte Abhauen und Anknüpfen machte nun freylich den Strick eben so wenig besser, als es mich völlig herab auf des Sultans Landgut brachte. Ich mochte wohl noch ein Paar Meilen weit droben in den Wolken seyn, als mein Strick auf einmal zerriß und ich mit solcher Heftigkeit herab zu Gottes Erdboden fiel, daß ich ganz betäubt davon wurde. Durch die Schwehre meines von einer solchen Höhe herabfallenden Cörpers fiel ich ein Loch, wenigstens neun Klafter tief, in die Erde hinein. Ich erhohlte mich zwar endlich wieder, wußte aber nun nicht, wie ich wieder herauskommen sollte. Allein was thut nicht die Noth? Ich grub mir mit meinen Nägeln, deren Wuchs damals vierzigjährig war, eine Art von Treppe, und förderte mich dadurch glücklich zu Tage.

Durch diese mühselige Erfahrung klüger gemacht, fing ichs nachher besser an, der Bären, die so gern nach meinen Bienen und den Honigstöcken stiegen, loß zu werden. Ich bestrich die Deichsel eines Ackerwagens mit Honig und legte mich nicht weit davon des Nachts in einen Hinterhalt. Was ich vermuthete, das geschah. Ein ungeheurer Bär, herbeygelockt durch den Duft des Honigs, kam an und fing vorn an der Spitze der Stange so begierig an zu lecken, daß er sich die ganze Stange durch Schlund, Magen und Bauch bis hinten wieder hinausleckte. Als er sich nun so artig auf die Stange hinauf geleckt hatte, lief ich hinzu, steckte vorn durch das Loch der Deichsel einen langen Pflock, verwehrte dadurch dem Nascher den Rückzug, und ließ ihn sitzen bis an den andern Morgen. Ueber dieß Stückchen wollte sich der Großsultan, der von ohngefähr vorbey spazirte, fast todtlachen.

Nicht lange hierauf machten die Russen mit den Türken Frieden und ich wurde nebst andern Kriegsgefangenen wieder nach St. Petersburg ausgeliefert. Ich nahm aber nun meinen Abschied und verließ Rußland um die Zeit der großen Revolution vor etwa vierzig Jahren, da der Kaiser in der Wiege, nebst seiner Mutter und ihrem Vater, dem Herzoge von Braunschweig, dem Feldmarschal von Münnich und vielen andern nach Sibirien geschickt wurden. Es herrschte damals über ganz Europa ein so außerordentlich strenger Winter, daß die Sonne eine Art von Frostschaden erlitten haben muß, woran sie seit der ganzen Zeit her bis auf den heutigen Tag gesiecht hat. Ich empfand daher auf der Rückreise in mein Vaterland weit größeres Ungemach, als ich auf meiner Hinreise nach Rußland erfahren hatte.

Ich mußte, weil mein Lithauer in der Türkey geblieben war, mit der Post reisen. Als sichs nun fügte, daß wir an einen engen hohlen Weg zwischen hohen Dornhecken kamen, so erinnerte ich den Postilion, mit seinem Horne ein Zeichen zu geben, damit wir uns in diesem engen Passe nicht etwa gegen ein anderes entgegenkommendes Fuhrwerk festfahren möchten. Mein Kerl setzte an und blies aus Leibeskräften in das Horn, aber alle seine Bemühungen waren umsonst. Nicht ein einziger Ton kam heraus, welches uns ganz unerklärlich, ja in der That für ein rechtes Unglück zu achten war, indem bald eine andere uns entgegen kommende Kutsche auf uns stieß, vor welcher nun schlechterdings nicht vorbey zu kommen war. Nichts desto weniger sprang ich aus meinem Wagen und spannte zuförderst die Pferde aus. Hierauf nahm ich den Wagen, nebst den vier Rädern und allen Päckereyen auf meine Schultern, und sprang damit über Ufer und Hecke, ohngefähr neun Fuß hoch, welches in Rücksicht auf die Schwere der Kutsche eben keine Kleinigkeit war, auf das Feld hinüber. Durch einen andern Rücksprung gelangte ich, die fremde Kutsche vorüber, wieder in den Weg. Darauf eilte ich zurück zu unsern Pferden, nahm unter jeden Arm eins, und hohlte sie auf die vorige Art, nehmlich durch einen zweymaligen Sprung hinüber und herüber, gleichfalls herbey, ließ wieder anspannen und gelangte glücklich am Ende der Station zur Herberge. Noch hätte ich anführen sollen, daß eins von den Pferden, welches sehr muthig und nicht über vier Jahre alt war, ziemlichen Unfug machen wollte. Denn als ich meinen zweyten Sprung über die Hecke that, so verrieth es durch sein Schnauben und Trampeln ein großes Mißbehagen an dieser heftigen Bewegung. Dieß verwehrte ich ihm aber gar bald, indem ich seine Hinterbeine in meine Rocktasche steckte. In der Herberge erhohlten wir uns wieder von unserm Abentheuer. Der Postilion hängte sein Horn an einen Nagel beym Küchenfeuer, und ich setzte mich ihm gegen über.

Nun hört, ihr Herren, was geschah! Auf einmal gings: Tereng! Tereng! teng! teng! Wir machten große Augen und fanden nun auf einmal die Ursache aus, warum der Postilion sein Horn nicht hatte blasen können. Die Töne waren in dem Horne festgefroren und kamen nun, so wie sie nach und nach aufthaueten, hell und klar, zu nicht geringer Ehre des Fuhrmanns heraus. Denn die ehrliche Haut unterhielt uns nun eine ziemliche Zeit lang mit der herrlichsten Modulation, ohne den Mund an das Horn zu bringen. Da hörten wir den preussischen Marsch – Ohne Lieb' und ohne Wein – Als ich auf meiner Bleiche – Gestern Abend war Vetter Michel da – nebst noch vielen andern Stückchen, auch sogar das Abendlied: Nun ruhen alle Wälder – Mit diesem letzten endigte sich denn dieser Thauspaß, so wie ich hiermit meine Russische Reise-Geschichte.

*　　　*　　　*

Manche Reisende sind bisweilen im Stande, mehr zu behaupten, als genau genommen wahr seyn mag. Daher ist es denn kein Wunder, wenn Leser oder Zuhörer ein wenig zum Unglauben geneigt werden. Sollten indessen einige von der Gesellschaft an meiner Wahrhaftigkeit zweifeln, so muß ich sie wegen ihrer Ungläubigkeit herzlich bemitleiden und sie bitten, sich lieber zu entfernen, ehe ich meine Schiffs-Abentheuer beginne, die zwar fast noch wunderbarer, aber doch eben so authentisch sind.

Des Freyherrn von Münchhausen See-Abentheuer.

Im Jahr 1766 schiffte ich mich zu Portsmouth auf einem englischen Kriegsschiffe erster Ordnung, mit hundert Kanonen und vierzehnhundert Mann, nach Nord-America ein. Ich könnte hier zwar erst noch allerley, was mir in England begegnet ist, erzählen; ich verspare es aber auf ein anderes Mal. Eins jedoch, welches mir überaus artig vorkam, will ich nur noch im Vorbeygehn mitnehmen. Ich hatte das Vergnügen den König mit großem Pompe in seinem Staatswagen nach dem Parlament fahren zu sehen. Ein Kutscher mit einem ungemein respectablen Barte, worein das englische Wapen sehr sauber geschnitten war, saß gravitätisch auf dem Bocke und klatschte mit seiner Peitsche ein eben so deutliches als künstliches –

Anlangend unsere Seereise, so begegnete uns nichts merkwürdiges, bis wir ohngefähr noch dreyhundert Meilen von dem St. Lorenzflusse entfernt waren. Hier stieß das Schiff mit erstaunlicher Gewalt gegen etwas an, das uns wie ein Fels vorkam. Gleichwohl konnten wir, als wir das Senkbley auswarfen, mit fünfhundert Klaftern noch keinen Grund finden. Was diesen Vorfall noch wunderbarer und beynahe unbegreiflich machte, war, daß wir unser Steuerruder verlohren, das Bogspriet mitten entzweybrachen und alle unsere Masten von oben bis unten aus zersplitterten, wovon auch zwey über Bord stoben. Ein armer Teufel, welcher gerade oben das Hauptsegel beylegte, flog wenigstens drey Meilen weit vom Schiffe weg, ehe er zu Wasser fiel. Allein er rettete noch dadurch glücklich sein Leben, daß er, während er in der Luft flog, den Schwanz einer Rothgans ergriff, welches nicht nur seinen Sturz in das Wasser milderte, sondern ihm auch Gelegenheit gab, auf ihrem Rücken, oder vielmehr zwischen Hals und Fittigen, so lange nach zu schwimmen, bis er endlich wieder an Bord genommen werden konnte. Ein anderer Beweis von der Gewalt des Stoßes war dieser, daß alles Volk zwischen den Verdecken empor gegen die Kopfdecke geschnellt ward. Mein Kopf ward dadurch ganz in den Magen hinabgepufft, und es dauerte wohl einige Monathe, ehe er seine natürliche Stellung wieder bekam. Noch befanden wir uns insgesamt in einem Zustande des Erstaunens und einer allgemeinen unbeschreiblichen Verwirrung, als sich auf einmal alles durch Erscheinung eines großen Wallfisches aufklärte, welcher an der Oberfläche des Wassers, sich sömmernd, eingeschlafen war. Dieß Ungeheuer war so übel damit zufrieden, daß wir es mit unserm Schiffe gestört hatten, daß es nicht nur mit seinem Schwanze die Gallerie und einen Theil des Oberlofs einschlug, sondern auch zu gleicher Zeit den Hauptanker, welcher, wie gewöhnlich, am Steuer aufgewunden war, zwischen seine Zähne packte, und wenigstens sechzig Meilen weit, sechs Meilen auf eine Stunde gerechnet, mit unserm Schiffe davon eilte. Gott weiß, wohin wir gezogen seyn würden, wenn nicht noch glücklicher Weise das Ankertau zerrissen wäre, wodurch der Wallfisch unser Schiff, wir aber auch zugleich unsern Anker verlohren. Als wir aber sechs Monathe hierauf wieder nach Europa zurücksegelten, so fanden wir eben denselben Wallfisch, in einer Entfernung weniger Meilen von eben der Stelle, todt auf dem Wasser schwimmen, und er maß ungelogen der Länge nach wenigstens eine halbe Meile. Da wir nun von einem so ungeheuern Thiere nur wenig an Bord nehmen konnten, so setzten wir unsre Boote aus, schnitten ihm mit großer Mühe den Kopf ab, und fanden zu unserer großen Freude nicht nur unsern Anker, sondern auch über vierzig Klafter Tau, welches auf der linken Seite seines Rachens in einem hohlen Zahne steckte. Dieß war der einzige besondere Umstand, der sich auf dieser Reise zutrug. Doch halt! Eine Fatalität hätte ich beynahe vergessen. Als nehmlich das erste Mal der Wallfisch mit dem Schiffe davon schwamm, so bekam das Schiff einen Leck und das Wasser drang so heftig herein, daß alle unsere Pumpen uns keine halbe Stunde vor dem Sinken hätten bewahren können. Zum guten Glücke entdeckte ich das Unheil zuerst. Es war ein großes Loch, ohngefähr einen Fuß im Durchmesser. Auf allerley Weise versuchte ich es, das

Loch zu verstopfen, allein umsonst. Endlich rettete ich dieß schöne Schiff und alle seine zahlreiche Mannschaft durch den glücklichsten Einfall von der Welt. Ob das Loch gleich so groß war, so füllte ichs dennoch mit meinem Liebwerthesten aus, ohne meine Beinkleider abzuziehen; und ich würde ausgelanget haben, wenn auch die Oeffnung noch viel größer gewesen wäre. Sie werden sich darüber nicht wundern meine Herren, wenn ich Ihnen sage, daß ich auf beyden Seiten von holländischen, wenigstens westphälischen Vorfahren abstamme. Meine Situation, so lange ich auf der Brille saß, war zwar ein wenig kühl, indessen ward ich doch bald durch die Kunst des Zimmermannes erlöset.

Zweytes See-Abentheuer.

Einst war ich in großer Gefahr im mittelländischen Meere umzukommen. Ich badete mich nehmlich an einem Sommernachmittage, ohnweit Marseille, in der angenehmen See, als ich einen großen Fisch, mit weit aufgesperrtem Rachen, in der größten Geschwindigkeit auf mich daherschießen sah. Zeit war hier schlechterdings nicht zu verlieren, auch war es durchaus unmöglich, ihm zu entkommen. Unverzüglich drückte ich mich so klein zusammen, als möglich, indem ich meine Füße heraufzog und die Arme dicht an den Leib schloß. In dieser Stellung schlüpfte ich denn gerade zwischen seinen Kiefern hindurch, bis in den Magen hinab. Hier brachte ich, wie man leicht denken kann, einige Zeit in gänzlicher Finsterniß, aber doch in einer nicht unbehaglichen Wärme zu. Da ich ihm nach und nach Magendrücken verursachen mochte, so wäre er mich wohl gern wieder los gewesen. Weil es mir gar nicht an Raume fehlte, so spielte ich ihm durch Tritt und Schritt, durch Hopp und He, gar manchen Possen. Nichts schien ihn aber mehr zu beunruhigen, als die schnelle Bewegung meiner Füße, da ichs versuchte, einen schottischen Triller zu tanzen. Ganz entsetzlich schrie er auf und erhob sich fast senkrecht mit seinem halben Leibe aus dem Wasser. Hierdurch ward er aber von dem Volke eines vorbeysegelnden italiänischen Kauffahrtey-Schiffes entdeckt, und in wenigen Minuten mit Harpunen erlegt. Sobald er an Bord gebracht war, hörte ich das Volk sich berathschlagen, wie sie ihn aufschneiden wollten, um die größte Quantität Oehl von ihm zu gewinnen. Da ich nun Italiänisch verstand, so gerieth ich in die schrecklichste Angst, daß ihre Messer auch mich par Compagnie mit aufschneiden möchten. Daher stellte ich mich so viel möglich in die Mitte des Magens, worin für mehr als ein Dutzend Mann hinlänglich Platz war, weil ich mir wohl einbilden konnte, daß sie mit den Extremitäten den Anfang machen würden. Meine Furcht verschwand indessen bald, da sie mit Eröffnung des Unterleibes anfingen. Sobald ich nun nur ein wenig Licht schimmern sah, schrie ich ihnen aus voller Lunge entgegen, wie angenehm es mir wäre, die Herren zu sehen, und durch sie aus einer Lage erlöset zu werden, in welcher ich beynahe erstickt wäre. Unmöglich läßt sich das Erstaunen auf allen Gesichtern lebhaft genug schildern, als sie eine Menschenstimme aus einem Fische heraus vernahmen. Dieß wuchs natürlicher Weise noch mehr, als sie lang und breit einen nackenden Menschen herausspazieren sahn. Kurz, meine Herren, ich erzählte ihnen die ganze Begebenheit, so wie ich sie Ihnen jetzt erzählt habe, worüber sie sich denn alle fast zu Tode verwundern wollten.

Nachdem ich einige Erfrischungen zu mir genommen hatte und in die See gesprungen war, um mich abzuspülen, schwamm ich nach meinen Kleidern, welche ich auch am Ufer eben so wiederfand, als ich sie gelassen hatte. So viel ich rechnen konnte, war ich ohngefähr drittehalb Stunden in dem Magen dieser Bestie eingekerkert gewesen.

Drittes See-Abentheuer.

Als ich noch in türkischen Diensten war, belustigte ich mich öfters in einer Lust-Barke auf dem Mare di Marmora, von wo aus man die herrlichste Aussicht auf ganz Constantinopel, das Seraglio des Groß-Sultans mit eingeschlossen, beherrschet. Eines Morgens, als ich die Schönheit und Heiterkeit des Himmels betrachtete, bemerkte ich ein rundes Ding, ohngefähr wie eine Billard-Kugel groß, in der Luft, von welchem noch etwas anderes herunter hing. Ich griff sogleich nach meiner besten und längsten Vogelflinte, ohne welche, wenn ichs ändern kann, ich niemals ausgehe, oder ausreise, lud sie mit einer

Kugel und feuerte nach dem runden Dinge in der Luft; allein umsonst. Ich wiederhohlte den Schuß mit zwey Kugeln, richtete aber noch nichts aus. Erst der dritte Schuß, mit vier oder fünf Kugeln machte an einer Seite ein Loch und brachte das Ding herab. Stellen Sie sich meine Verwunderung vor, als ein niedlich vergoldeter Wagen, hängend in einem ungeheuern Ballon, größer als die größte Thurm-Kuppel im Umfange, ohngefähr zwey Klafter weit von meiner Barke herunter sank. In dem Wagen befand sich ein Mann und ein halbes Schaf, welches gebraten zu seyn schien. Sobald sich mein erstes Erstaunen gelegt hatte, schloß ich mit meinen Leuten um diese seltsame Gruppe einen dichten Kreis.

Dem Manne, der wie ein Franzose aussah, welches er denn auch war, hingen aus jeder Tasche ein Paar prächtige Uhrketten mit Berlocken, worauf, wie mich dünkt, große Herren und Damen abgemahlt waren. Aus jedem Knopfloche hing ihm eine goldene Medaille, wenigstens hundert Ducaten am Werth, und an jeglichem seiner Finger steckte ein kostbarer Ring mit Brillanten. Seine Rocktaschen waren mit vollen Goldbörsen beschwehrt, die ihn fast zur Erde zogen. Mein Gott, dachte ich, der Mann muß dem menschlichen Geschlechte außerordentlich wichtige Dienste geleistet haben, daß die großen Herren und Damen, ganz wider ihre heutzutage so allgemeine Knicker-Natur, ihn so mit Geschenken, die es zu seyn schienen, beschwehren konnten. Bey allem dem befand er sich denn doch gegenwärtig von dem Falle so übel, daß er kaum im Stande war, ein Wort hervorzubringen. Nach einiger Zeit erholte er sich wieder, und stattete mir folgenden Bericht ab. „Dieses Luftfuhrwerk hatte ich zwar nicht Kopf und Wissenschaft genug selbst zu erfinden, dennoch aber mehr denn überflüßige Luftspringer- und Seiltänzer-Waghalsigkeit zu besteigen, und darauf mehrmalen in die Luft empor zu fahren. Vor ohngefähr sieben oder acht Tagen – denn ich habe meine Rechnung verlohren – erhob ich mich damit auf der Landspitze von Cornwall in England und nahm ein Schaf mit, um von oben herab vor den Augen vieler tausend Nachgaffer Kunststücke damit zu machen. Unglücklicher Weise drehete sich der Wind innerhalb zehen Minuten nach meinem Hinaufsteigen; und anstatt mich nach Exeter zu treiben, wo ich wieder zu landen gedachte, ward ich hinaus nach der See getrieben, über welcher ich auch vermuthlich die ganze Zeit her in der unermeßlichsten Höhe geschwebet habe.

Es war gut, daß ich zu meinem Kunststückchen mit dem Schafe nicht hatte gelangen können. Denn am dritten Tage meiner Luftfahrt, wurde mein Hunger so groß, daß ich mich genöthigt sah, das Schaf zu schlachten. Als ich nun damals unendlich hoch über dem Monde war, und nach einer sechzehnstündigen noch weitern Auffahrt endlich der Sonne so nahe kam, daß ich mir die Augenbrauen versengte, so legte ich das todte Schaf, nachdem ich es vorher abgehäutet, an denjenigen Ort im Wagen, wo die Sonne die meiste Kraft hatte, oder mit andern Worten, wo der Ballon keinen Schatten hinwarf, auf welche Weise es denn in ohngefähr drey Viertel Stunden völlig gar briet. Von diesem Braten habe ich die ganze Zeit her gelebt" – Hier hielt mein Mann ein, und schien sich in Betrachtung der Gegenstände um ihn her zu vertiefen. Als ich ihm sagte, daß die Gebäude da vor uns das Seraglio des Großherrn zu Constantinopel wären, so schien er außerordentlich bestürzt, indem er sich ganz wo anders zu befinden geglaubt hatte. „Die Ursache meines langen Fluges, fügte er endlich hinzu, war, daß mir ein Faden zerriß, der an einer Klappe in dem Luftballe saß, und dazu diente, die inflammable Luft herauszulassen. Wäre nun nicht auf den Ball gefeuert und derselbe dadurch aufgerissen worden, so möchte er wohl, wie Mahomet, bis an den jüngsten Tag zwischen Himmel und Erde geschwebt haben." Den Wagen schenkte er hierauf großmüthig meinem Bootsmanne, der hinten am Steuer stand. Den Hamelsbraten warf er ins Meer. Was aber den Luftball anlangte, so war der von dem Schaden, welchen ich ihm zugefügt hatte, im herabfallen vollends ganz und gar zu Stücken zerrissen.

Viertes See-Abentheuer.

Da wir noch Zeit haben, meine Herren, eine frische Flasche auszutrinken, so will ich Ihnen noch eine andere sehr seltsame Begebenheit erzählen, die mir wenige Monathe vor meiner letzten Rückreise nach Europa begegnete.

Der Großherr, welchem ich durch die Römisch- und Russisch-Kaiserlichen, wie auch französischen Botschafter vorgestellet worden war, bediente sich meiner, ein Geschäft von großer Wichtigkeit zu Großkairo zu betreiben, welches zugleich so beschaffen war, daß es immer und ewig ein Geheimniß bleiben mußte.

Ich reisete mit großem Pompe in einem sehr zahlreichen Gefolge zu Lande ab. Unterweges hatte ich Gelegenheit, meine Dienerschaft mit einigen sehr brauchbaren Subjecten zu vermehren. Denn als ich kaum einige Meilen weit von Constantinopel entfernt seyn mochte, sah ich einen kleinlichen schmächtigen Menschen mit großer Schnelligkeit queerfeldein daher laufen, und gleichwohl trug das Männchen an jedem Beine ein bleyernes Gewicht, an die funfzig Pfund schwehr. Verwunderungsvoll über diesen Anblick rief ich ihn an und fragte: „Wohin, wohin so schnell, mein Freund? Und warum erschwehrst du dir deinen Lauf durch eine solche Last?" – „Ich lief, versetzte der Läufer, seit einer halben Stunde aus Wien, wo ich bisher bey einer vornehmen Herrschaft in Diensten stand, und heute meinen Abschied nahm. Ich gedenke nach Constantinopel, um daselbst wieder anzukommen. Durch die Gewichte an meinen Beinen habe ich meine Schnelligkeit, die jetzt nicht nöthig ist, ein wenig mindern wollen. Denn moderata durant, pflegte weiland mein Präceptor zu sagen." – Dieser Asahel gefiel mir nicht übel; ich fragte ihn, ob er bey mir in Dienst treten wollte, und er war dazu bereit. Wir zogen hierauf weiter durch manche Stadt, durch manches Land. Nicht fern vom Wege auf einem schönen Gras-Rein lag mäußchen still ein Kerl, als ob er schliefe. Allein das that er nicht. Er hielt vielmehr sein Ohr so aufmerksam zur Erde, als hätte er die Einwohner der untersten Hölle behorchen wollen. – „Was horchst du da, mein Freund?" – „Ich horche da zum Zeitvertreibe auf das Gras, und höre, wie es wächst." – „Und kannst du das?" – „O Kleinigkeit!" – „So tritt in meine Dienste, Freund, wer weiß, was es bisweilen nicht zu horchen geben kann." – Mein Kerl sprang auf und folgte mir. Nicht weit davon auf einem kleinen Hügel stand mit angelegtem Gewehr ein Jäger und knallte in die blaue leere Luft. – „Glück zu, Glück zu, Herr Waidmann! Doch wonach schießest du? Ich sehe nichts, als blaue leere Luft." – „O ich versuchte nur dieß neue

Kuchenreutersche Gewehr. Dort auf der Spitze des Münsters zu Straßburg saß ein Sperling. Den schoß ich eben jetzt herab." Wer meine Passion für das edle Waid- und Schützenwerk kennt, den wird es nicht Wunder nehmen, daß ich dem vortreflichen Schützen sogleich um den Hals fiel. Daß ich nichts sparte, auch ihn in meine Dienste zu ziehen, versteht sich von selbst. Wir zogen darauf weiter durch manche Stadt, durch manches Land, und kamen endlich vor dem Berge Libanon vorbey. Daselbst vor einem großen Cedernwalde stand ein derber untersetzter Kerl und zog an einem Stricke, der um den ganzen Wald herum geschlungen war. „Was ziehst du da, mein Freund?" fragte ich den Kerl. – „O ich soll Bauholz hohlen, und habe meine Axt zu Hause vergessen. Nun muß ich mir so gut helfen, als es angehen will." Mit diesen Worten zog er in einem Ruck den ganzen Wald, bey einer Quadratmeile groß, wie einen Schilfbusch vor meinen Augen nieder. Was ich that, das läßt sich rathen. Ich hätte den Kerl nicht fahren lassen, und hätte er mir meinen ganzen Ambassadeur-Gehalt gekostet. Als ich hierauf fürbaß und endlich auf ägyptischen Grund und Boden kam, erhob sich ein so ungeheurer Sturm, daß ich mit allen meinen Wagen, Pferden und Gefolge schier umgerissen und in die Luft davon geführt zu werden fürchtete. Zur linken Seite unseres Weges standen sieben Windmühlen in einer Reihe, deren Flügel so schnell um ihre Achsen schwirrten, als eine Rockenspindel der schnellsten Spinnerinn. Nicht weit davon zur Rechten stand ein Kerl, von Sir John Falstafs Corpulenz, und hielt sein rechtes Nasenloch mit seinem Zeigefinger zu. Sobald der Kerl unsere Noth und uns so kümmerlich in diesem Sturme haspeln sah, drehte er sich halb um, machte Fronte gegen uns, und zog ehrerbietig, wie ein Musquetier vor seinem Obersten, den Huth vor mir ab. Auf einmal regte sich kein Lüftchen mehr und alle sieben Windmühlen standen plötzlich still. Erstaunt über diesen Vorfall, der nicht natürlich zuzugehen schien, schrie ich dem Unhold zu: „Kerl, was ist das? Sitzt dir der Teufel im Leibe, oder bist du der Teufel selbst?" – „Um Vergebung, Ihro Excellenz!" antwortete mir der Mensch; „ich mache da nur meinem Herrn, dem Windmüller, ein wenig Wind. Um nun die sieben Windmühlen nicht ganz und gar umzublasen, mußte ich mir wohl das eine Nasenloch zuhalten." – Ey, ein vortrefliches Subject! dachte ich in meinem stillen Sinn. Der Kerl läßt sich gebrauchen, wenn du dereinst zu Hause kommst und dirs an Athem fehlt, alle die Wunderdinge zu erzählen, die dir auf deinen Reisen zu Land und Wasser aufgestoßen sind. Wir wurden daher bald des Handels eins. Der Windmacher ließ seine Mühlen stehn und folgte mir.

Nach gerade wars nun Zeit in Großkairo anzulangen. Sobald ich daselbst meinen Auftrag nach Wunsch ausgerichtet hatte, gefiel es mir, mein ganzes unnützes Gesandten-Gefolge, außer meinen neuangenommenen nützlichern Subjecten zu verabschieden, und mit diesen als ein bloßer Privatmann zurück zu reisen. Da nun das Wetter gar herrlich und der berufene Nilstrom über alle Beschreibung reizend war, so gerieth ich in Versuchung eine Barke zu miethen und bis Alexandrien zu Wasser zu reisen. Das ging nun ganz vortreflich, bis in den dritten Tag. Sie haben, meine Herren, vermuthlich schon mehrmals von den jährlichen Ueberschwemmungen des Nils gehört. Am dritten Tage, wie gesagt, fing der Nil ganz unbändig an zu schwellen, und am folgenden Tage war links und rechts das ganze Land viele Meilen weit und breit überschwemmet. Am fünften Tage nach Sonnen-Untergang verwickelte sich meine Barke auf einmal in etwas, das ich für Ranken und Strauchwerk hielt. Sobald es aber am nächsten Morgen heller ward, fand ich mich überall von Mandeln umgeben, welche vollkommen reif und ganz vortreflich waren. Als wir das Senkbley auswarfen, fand sich, daß wir wenigstens sechzig Fuß hoch über dem Boden schwebten, und schlechterdings weder vor noch rückwärts konnten. Ohngefähr gegen acht oder neun Uhr, soviel ich aus der Höhe der Sonne abnehmen konnte, erhob sich plötzlicher Wind, der unsere Barke ganz auf eine Seite umlegte. Hierdurch schöpfte sie Wasser, sank unter, und ich hörte und sah in langer Zeit nichts wieder davon, wie Sie gleich vernehmen werden. Glücklicher Weise retteten wir uns insgesamt, nähmlich acht Männer und zwey Knaben, indem wir uns an den Bäumen festhielten, deren Zweige zwar für uns, allein nicht für die Last unserer Barke hinreichten. In dieser Situation verblieben wir drey Wochen und drey Tage und lebten ganz allein von Mandeln. Daß es am Trunke nicht fehlte, verstehet sich von selbst. Am zwey und zwanzigsten Tage unsers Unsterns fiel das Wasser wieder eben so schnell, als es gestiegen war; und am sechs und zwanzigsten konnten wir wieder auf Terra firma fußen. Unsere Barke war der erste angenehme

Gegenstand, den wir erblickten. Sie lag ohngefähr zweyhundert Klafter weit von dem Orte, wo sie gesunken war. Nachdem wir nun alles, was uns nöthig und nützlich war, an der Sonne getrocknet hatten, so versahen wir uns mit den Nothwendigkeiten aus unserm Schiffsvorrath, und machten uns auf, unsere verlohrne Straße wieder zu gewinnen. Nach der genauesten Berechnung fand sich, daß wir an die hundert und funfzig Meilen weit über Gartenwände und mancherley Gehäge hinweggetrieben waren. In sieben Tagen erreichten wir den Fluß, der nun [90] wieder in seinem Bette strömte, und erzählten unser Abentheuer einem Bey. Liebreich half dieser allen unsern Bedürfnissen ab, und sendete uns in einer von seinen eigenen Barken weiter. In ohngefähr sechs Tagen langten wir zu Alexandrien an, allwo wir uns nach Constantinopel einschifften. Ich wurde von dem Großherrn überaus gnädig empfangen, und hatte die Ehre seinen Harem zu sehen, wo seine Hoheit selbst mich hineinzuführen und so viele Damen, selbst die Weiber nicht ausgenommen, anzubieten geruheten, als ich mir nur immer zu meinem Vergnügen auslesen wollte.

Mit meinen Liebes-Abentheuern pflege ich nie groß zu thun, daher wünsche ich Ihnen, meine Herren, jetzt insgesamt eine angenehme Ruhe.

Fünftes See-Abentheuer.

Nach Endigung der ägyptischen Reisegeschichte wollte der Baron aufbrechen und zu Bette gehen, gerade als die erschlaffende Aufmerksamkeit jedes Zuhörers bey Erwähnung des Großherrlichen Harems in neue Spannung gerieth. Sie hätten gar zu gern noch etwas von dem Harem gehört. Da aber der Baron sich durchaus nicht darauf einlassen und gleichwohl der mit Bitten auf ihn losstürmenden muntern Zuhörerschaft nicht alles abschlagen wollte, so gab er noch einige Stückchen seiner merkwürdigen Dienerschaft zum Besten und fuhr in seiner Erzählung also fort.

Bey dem Groß-Sultan galt ich seit meiner ägyptischen Reise alles in allem. Seine Hoheit konnten gar ohne mich nicht leben und baten mich jeden Mittag und Abend bey sich zum Essen. Ich muß bekennen, meine Herren, daß der türkische Kaiser unter allen Potentaten auf Erden den delicatesten Tisch führet. Jedoch ist dieß nur von den Speisen, nicht aber von dem Getränke zu verstehen, da, wie Sie wissen werden, Mahomets Gesetz seinen Anhängern den Wein verbietet. Auf ein gutes Glas Wein muß man also an öffentlichen türkischen Tafeln Verzicht thun. Was indessen gleich nicht öffentlich geschieht, das geschieht doch nicht selten heimlich; und des Verbots ungeachtet, weiß mancher Türk so gut, als der beste deutsche Prälat, wie ein gutes Glas Wein schmeckt. Das war nun auch der Fall mit Seiner türkischen Hoheit. Bey der öffentlichen Tafel, an welcher gewöhnlich der türkische General-Superintendent, nämlich der Mufti, in partem Salarii mit speisete und vor Tische das: Aller Augen – nach Tische aber das Gratias beten mußte, wurde des Weines auch nicht mit einer einzigen Sylbe gedacht. Nach aufgehobener Tafel aber wartete auf Seine Hoheit gemeiniglich ein gutes Fläschchen im Cabinette. Einst gab der Großsultan mir einen verstohlenen freundlichen Wink, ihm in sein Cabinett zu folgen. Als wir uns nun daselbst eingeschlossen hatten, hohlte er aus einem Schränkchen eine Flasche hervor, und sprach: Münchhausen, ich weiß ihr Christen versteht euch auf ein gutes Glas Wein. Da habe ich noch ein einziges Fläschchen Tockaier. So delicat müßt ihr ihn in euerm Leben nicht getrunken haben." Hierauf schenkten Seine Hoheit sowohl mir als sich eins ein und stießen mit mir an. „– Nun was sagt Ihr? Gelt! es ist was extra feines?" – „Das Weinchen ist gut, Ihro Hoheit, erwiederte ich; allein mit Ihrem Wohlnehmen muß ich doch sagen, daß ich ihn in Wien beym Hochseligen Kaiser Carl dem sechsten weit besser getrunken habe. Potz Stern! den sollten Ihro Hoheit einmal versuchen." Freund Münchhausen, euer Wort in Ehren! Allein es ist unmöglich, daß irgend ein Tockaier besser sey. Denn ich bekam einst nur dieß eine Fläschchen von einem Ungarischen Cavalier und er that ganz verzweifelt rar damit." – „Possen, Ihro Hoheit! Tockaier und Tockaier ist ein großmächtiger Unterschied. Die Herren Ungarn überschenken sich eben nicht. Was gilt die Wette, so schaffe ich Ihnen in Zeit von einer Stunde gerades Weges und unmittelbar aus dem Kaiserlichen Keller eine Flasche Tockaier, die aus ganz andern Augen sehen soll." – „Münchhausen, ich glaube ihr faselt." – „Ich fasele nicht. Gerades Weges aus dem

Kaiserlichen Keller in Wien schaffe ich Ihnen in Zeit von einer Stunde eine Flasche Tockaier von einer ganz andern Nummer, als dieser Krätzer hier." – „Münchhausen, Münchhausen! Ihr wollt mich zum Besten haben und das verbitte ich mir. Ich kenne euch zwar sonst als einen überaus wahrhaften Mann, allein – jetzt sollte ich doch fast denken, Ihr flunkertet." – „Ey nun, Ihro Hoheit! Es kommt ja auf die Probe an. Erfülle ich nicht mein Wort – denn von allen Aufschneidereyen bin ich der abgesagteste Feind – so lassen Ihro Hoheit mir den Kopf abschlagen. Allein mein Kopf ist kein Pappenstiel. Was setzen Sie mir dagegen?" – „Top! Ich halte euch beym Worte. Ist auf den Schlag Vier nicht die Flasche Tockaier hier, so kostets euch ohne Barmherzigkeit den Kopf. Denn foppen lasse ich mich auch von meinen besten Freunden nicht. Besteht ihr aber, wie Ihr versprecht, so könnet ihr aus meiner Schatzkammer so viel an Gold, Silber, Perlen und Edelgesteinen nehmen, als der stärkste Kerl davon zu schleppen vermag." – „Das läßt sich hören!" antwortete ich, bat mir gleich Feder und Dinte aus und schrieb an die Kaiserinn-Königinn Maria Theresia folgendes Billet: „Ihre Majestät haben ohnstreitig als Universal-Erbinn auch Ihres Höchstseligen Herren Vaters Keller mitgeerbt. Dürfte ich mir wohl durch Vorzeigern dieses eine Flasche von dem Tockaier ausbitten, wie ich ihn bey Ihrem Herren Vater oft getrunken habe? Allein von dem Besten! Denn es gilt eine Wette. Ich diene gern dafür wieder, wo ich kann, und beharre übrigens u. s. w."

Dieß Billet gab ich, weil es schon fünf Minuten über drey Uhr war, nur sogleich offen meinem Läufer, der seine Gewichte abschnallen und sich unverzüglich auf die Beine nach Wien machen mußte. Hierauf tranken wir, der Großsultan und ich, den Rest von seiner Flasche in Erwartung des bessern vollends aus. Es schlug ein Viertel, es schlug Halb, es schlug drey Viertel auf Vier, und noch war kein Läufer zu hören und zu sehen. Nach gerade, gestehe ich, fing mir an ein wenig schwul zu werden; denn es kam mir vor, als blickten Seine Hoheit schon bisweilen nach der Glockenschnur, um nach dem Scharfrichter zu klingeln. Noch erhielt ich zwar Erlaubniß, einen Gang hinaus in den Garten zu thun, um frische Luft zu schöpfen, allein es folgten mir auch schon ein Paar dienstbare Geister nach, die mich nicht aus den Augen ließen. In dieser Angst, und als der Zeiger schon auf fünf und funfzig Minuten stand, schickte ich noch geschwind nach meinem Horcher und Schützen. Sie kamen unverzüglich an, und der Horcher mußte sich platt auf die Erde niederlegen, um zu hören, ob nicht mein Laufer endlich ankäme. Zu meinem nicht geringen Schrecken meldete er mir, daß der Schlingel irgendwo, allein weit weg von hier, im tiefsten Schlafe läge und aus Leibeskräften schnarchte. Dieß hatte mein braver Schütze nicht sobald gehört, als er auf eine etwas hohe Terrasse lief und, nachdem er sich auf seinen Zehen noch mehr empor gereckt hatte, hastig ausrief: „Bey meiner armen Seele! Da liegt der Faulenzer unter einer Eiche bey Belgrad und die Flasche neben ihm. Wart! Ich will dich aufkitzeln." – Und hiermit legte er unverzüglich seine Kuchenreutersche Flinte an den Kopf und schoß die volle Ladung oben in den Wipfel des Baumes. Ein Hagel von Eicheln, Zweigen und Blättern fiel herab auf den Schläfer, erweckte und brachte ihn, da er selbst fürchtete, die Zeit beynahe verschlafen zu haben, dermaßen geschwind auf die Beine, daß er mit seiner Flasche und einem eigenhändigen Billet von Maria Theresia, um 59½ Minuten auf vier Uhr vor des Sultans Cabinette anlangte. Das war ein Gaudium! Ey, wie schlürfte das Großherrliche Leckermaul! – „Münchhausen, sprach er, Ihr müßt es mir nicht übel nehmen, wenn ich diese Flasche für mich allein behalte. Ihr steht zu Wien besser, als ich; Ihr werdet schon an noch mehr zu kommen wissen." – Hiermit schloß er die Flasche in sein Schränkchen, steckte den Schlüssel in die Hosentasche, und klingelte nach dem Schatzmeister. – O welch ein angenehmer Silberton meinen Ohren! – „Ich muß euch nun die Wette bezahlen. – Hier! – sprach er zum Schatzmeister, der ins Zimmer trat, laßt meinem Freunde Münchhausen so viel aus der Schatzkammer verabfolgen, als der stärkste Kerl wegzutragen vermag." Der Schatzmeister neigte sich vor seinem Herrn bis mit der Nase zur Erde, mir aber schüttelte der Großsultan ganz treuherzig die Hand, und so ließ er uns beyde gehn.

Ich säumte nun, wie Sie denken können, meine Herren, keinen Augenblick, die erhaltene Assignation geltend zu machen, ließ meinen Starken mit seinem langen hänfenen Stricke kommen und verfügte mich in die Schatzkammer. Was da mein Starker, nachdem er sein Bündel geschnürt hatte, übrig ließ, das werden Sie wohl schwehrlich hohlen wollen. Ich eilte mit meiner Beute gerades Weges nach dem Hafen, nahm dort das größte Lastschiff, das zu bekommen war, in Beschlag, und ging wohlbepackt mit meiner ganzen Dienerschaft unter Segel, um meinen Fang in Sicherheit zu bringen, ehe was widriges dazwischen kam. Was ich befürchtet hatte, das geschah. Der Schatzmeister hatte Thür und Thor von der Schatzkammer offen gelassen – und freylich wars nicht groß mehr nöthig, sie zu verschließen – war über Hals und Kopf zum Großsultan gelaufen und hatte ihm Bericht abgestattet, wie vollkommen wohl ich seine Assignation genutzt hatte. Das war denn nun dem Großsultan nicht wenig vor den Kopf gefahren. Die Reue über seine Uebereilung konnte nicht lange ausbleiben. Er hatte daher gleich dem Großadmiral befohlen, mit der ganzen Flotte hinter mir herzueilen, und mir zu insinuiren, daß wir so nicht gewettet hätten. Als ich daher noch nicht zwey Meilen weit in See war, so sah ich schon die ganze türkische Kriegsflotte mit vollen Segeln hinter mir herkommen, und ich muß gestehen, daß mein Kopf, der kaum wieder fest geworden war, nicht wenig von neuem anfing zu wackeln. Allein nun war mein Windmacher bey der Hand und sprach: „Lassen sich Ihro Excellenz nicht bange seyn!" Er trat hierauf auf das Hinterverdeck meines Schiffes, so daß sein eines Nasenloch nach der türkischen Flotte, das andere aber auf unsere Segel gerichtet war, und blies eine so hinlängliche Portion Wind, daß die Flotte an Masten, Segel- und Tauwerk gar übel zugerichtet, nicht nur bis in den Hafen zurückgetrieben, sondern auch mein Schiff in wenig Stunden glücklich nach Italien getrieben ward. Von meinem Schatze kam mir jedoch wenig zu gute. Denn in Italien ist, trotz der Ehrenrettung des Herrn Bibliothekar Jagemann in Weimar, Armuth und Betteley so groß und die Polizey so schlecht, daß ich erstlich, weil ich vielleicht eine allzu gutwillige Seele bin, den größten Theil an die Straßenbettler ausspenden mußte. Der Rest aber wurde mir auf meiner Reise nach Rom, auf der geheiligten Flur von Loretto, durch eine Bande Straßenräuber abgenommen. Das Gewissen wird diese Herren nicht sehr darüber beunruhigt haben. Denn ihr Fang war noch immer so ansehnlich, daß um den tausendsten Theil die ganze honette Gesellschaft sowohl für sich, als ihre Erben und Erbnehmen, auf alle vergangene und zukünftige Sünden, vollkommenen Ablaß selbst aus der ersten und besten Hand in Rom dafür erkaufen konnte.

– Nun aber, meine Herren, ist in der That mein Schlafstündchen da. Schlafen Sie wohl!

Sechstes und letztes See-Abentheuer.

Nach Endigung des vorigen Abentheuers, ließ sich der Baron nicht länger halten, sondern brach wirklich auf, und verließ die Gesellschaft in der besten Laune. Als sich nun Jedermann nach seiner Weise über die Unterhaltung herausließ, die er so eben verschafft hatte, so bemerkte einer von der Gesellschaft, ein Partisan des Barons, der ihn auf seiner letzten Reise in die Türkey begleitet hatte, daß ohnweit Constantinopel ein ungeheuer großes Geschütz befindlich sey, dessen der Baron Tott in seinen neulich herausgekommenen Denkwürdigkeiten ganz besonders erwähnet. Was er davon meldet, ist, so viel ich mich erinnere, folgendes: „Die Türken hatten ohnweit der Stadt über der Citadelle auf dem Ufer des berühmten Flusses Simois, ein ungeheueres Geschütz aufgepflanzt. Dasselbe war ganz aus Kupfer gegossen, und schoß eine Marmorkugel wenigstens elfhundert Pfund an Gewicht. Ich hatte große Lust, sagt Tott, es abzufeuern, um erst aus seiner Wirkung gehörig zu urtheilen. Alles Volk um mich her zitterte und bebte, weil es sich versichert hielt, daß Schloß und Stadt davon übern Haufen stürzen würden. Endlich ließ doch die Furcht ein wenig nach, und ich bekam Erlaubniß, das Geschütz abzufeuern. Es wurden nicht weniger, als Dreyhundert und dreyßig Pfund Pulver dazu erfodert, und die Kugel wog, wie ich vorhin sagte, Elfhundert Pfund. Als der Kanonier mit dem Zünder ankam, zog sich der Haufen, der mich umgab, so weit zurück, als er konnte. Mit genauer Noth überredete ich den Bassa, der aus Besorgniß herzukam, daß keine Gefahr zu besorgen sey. Selbst dem Kanonier, der es nach meiner Anweisung abfeuern sollte, klopfte vor Angst das Herz. Ich nahm meinen Platz in einer Mauerschanze hinter dem Geschütze, gab das Zeichen und fühlte einen Stoß, wie von einem Erdbeben. In einer Entfernung von dreyhundert Klaftern zersprang die Kugel in drey Stücke; diese flogen über die Meerenge, prallten von dem Wasser empor an die gegenseitigen Berge und setzten den ganzen Canal, so breit er war, in Einen Schaum.“

Dieß, meine Herren, ist, soviel ich mich erinnere, Baron Totts Nachricht von der größten Kanone in der bekannten Welt. Als nun der Herr von Münchhausen und ich jene Gegend besuchten, wurde die Abfeuerung dieses ungeheuern Geschützes durch den Baron Tott uns als ein Beispiel der außerordentlichen Herzhaftigkeit dieses Herren erzählt.

Mein Gönner, der es durchaus nicht vertragen konnte, daß ein Franzose ihm etwas zuvorgethan haben sollte, nahm eben dieses Geschütz auf seine Schulter, sprang, als ers in seine eigentliche wagrechte Lage gebracht hatte, gerades Weges ins Meer, und schwamm damit an die gegenseitige Küste. Von dort aus versuchte er unglücklicher Weise die Kanone auf ihre vorige Stelle zurück zu werfen. Ich sage, unglücklicher Weise! denn sie glitt ihm ein wenig zu früh aus der Hand, gerade als er zum Wurf aushohlte. Hierdurch geschah es denn, daß sie mitten in den Kanal fiel, wo sie nun noch liegt, und wahrscheinlich bis an den jüngsten Tag liegen bleiben wird.

Dieß, meine Herren, war es eigentlich, womit es der Herr Baron bey dem Großsultan ganz und gar verdarb. Die Schatz-Historie, der er vorhin seine Ungnade beymaß, war längst vergessen. Denn der Großsultan hat ja genug einzunehmen, und konnte seine Schatzkammer bald wieder füllen. Auch befand der Herr Baron, auf eine eigenhändige Wiedereinladung des Großsultans, die er zu Rom erhielt, sich erst jetzt zum letzten Male in der Türkey; und wäre vielleicht wohl noch da, wenn der Verlust dieses berüchtigten Geschützes den grausamen Türken nicht so aufgebracht hätte, daß er nun unwiederruflich den Befehl gab, dem Baron den Kopf abzuschlagen. Eine gewisse Sultaninn aber, von welcher er ein großer Liebling geworden war, gab ihm nicht nur unverzüglich von diesem blutgierigen Vorhaben Nachricht, sondern verbarg ihn auch so lange in ihrem eigenen Gemache, als der Officier, dem die Execution aufgetragen war, mit seinen Helfershelfern nach ihm suchte. In der nächstfolgenden Nacht flüchteten wir an den Bord eines nach Venedig bestimmten Schiffes, welches gerade im Begriffe war unter Segel zu gehen, und kamen glücklich davon.

Dieser Begebenheit erwähnt der Baron nicht gern, weil ihm da sein Versuch mißlang und er noch dazu um ein Haar sein Leben oben drein verlohren hätte. Da sie gleichwohl ganz und gar nicht zu seiner Schande gereicht, so pflege ich sie wohl bisweilen hinter seinem Rücken zu erzählen.

$$*\qquad*\qquad*$$

Nun, meine Herren, kennen Sie insgesamt den Herren Baron von Münchhausen, und werden hoffentlich an seiner Wahrhaftigkeit im mindesten nicht zweifeln. Damit Ihnen aber auch kein Zweifel gegen die Meinige zu Kopfe steige, ein Umstand, den ich so schlechtweg eben nicht voraussetzen mag, so muß ich Ihnen doch ein wenig sagen, wer ich bin.

Mein Vater, oder wenigstens derjenige, welcher dafür gehalten wurde, war von Geburt ein Schweizer, aus Bern. Er führte daselbst eine Art von Oberaufsicht über Straßen, Alle'en, Gassen und Brücken. Diese Beamten heißen dort zu Lande – hm! – Gassenkehrer. Meine Mutter war aus den Savoyschen Gebirgen gebürtig, und trug einen überaus schönen großen Kropf am Halse, der bey den Damen jener Gegend etwas sehr gewöhnliches ist. Sie verließ ihre Eltern sehr jung, und ging ihrem Glücke in eben der Stadt nach, wo mein Vater das Licht der Welt erblickt hatte. So lange sie noch ledig war, gewann sie ihren Unterhalt durch allerley Liebeswerke an unserm Geschlechte. Denn man weiß, daß sie es niemals abschlug, wenn man sie um eine Gefälligkeit ansprach und besonders ihr mit gehöriger Höflichkeit in der Hand zuvorkam. Dieses liebenswürdige Paar begegnete einander von ohngefähr auf der Straße, und da sie beyderseits ein wenig berauscht waren, so taumelten sie gegen einander, und taumelten sich alle beyde über den Haufen. Wie sich nun bey dieser Gelegenheit ein Theil immer noch unnützer machte als der andere, und das Ding zu laut wurde, so wurden sie alle beyde erst in die Schaarwache, hernach aber in das Zuchthaus geschleppt. Hier sahen sie bald die Thorheit ihrer Zänkerey ein, machten alles wieder gut, verliebten sich und heuratheten einander. Da aber meine Mutter zu ihren alten Streichen zurückkehrte, so trennte mein Vater, der gar hohe Begriffe von Ehre hatte, sich ziemlich bald von ihr, und wies ihr die Revenüen von einem Tragkorbe zu ihrem künftigen Unterhalte an. Sie vereinigte sich hierauf mit einer Gesellschaft, die mit einem Puppenspiel umherzog. Mit der Zeit führte sie das Schicksal nach Rom, wo sie eine Auster-Bude hielt.

Sie haben ohnstreitig insgesamt von dem Papst Ganganelli, oder Clemens XIV., und wie gern dieser Herr Austern aß, gehört. Eines Freytags, als derselbe in großem Pompe nach der St. Peters Kirche zur hohen Messe durch die Stadt zog, sah er meiner Mutter Austern (welche, wie sie mir oft erzählt hat, ausnehmend schön und frisch waren) und konnte unmöglich vorüberziehen, ohne sie zu versuchen. Nun waren zwar mehr als fünftausend Personen in seinem Gefolge; nichts destoweniger aber ließ er sogleich alles still halten und in die Kirche sagen, er könnte vor Morgen das Hochamt nicht halten. Sodann sprang er vom Pferde – denn die Päbste reiten allemal bey solchen Gelegenheiten – ging in meiner Mutter Laden, aß erst alles auf, was von Austern daselbst vorhanden war, und stieg hernach mit ihr in den Keller hinab, wo sie noch mehr hatte. Dieses unterirdische Gemach war meiner Mutter Küche, Visitenstube und Schlafkammer zugleich. Hier gefiel es ihm so wohl, daß er alle seine Begleiter fortschickte. Kurz, Seine Heiligkeit brachten die ganze Nacht dort mit meiner Mutter zu. Ehe Dieselben am andern Morgen wieder fortgingen, ertheilten Sie ihr vollkommenen Ablaß, nicht allein für jede Sünde, die sie schon auf sich hatte, sondern auch für alle diejenigen, womit sie sich etwa künftig noch zu befassen Lust haben möchte.

Nun, meine Herren, habe ich darauf das Ehrenwort meiner Mutter – und wer könnte wohl eine solche Ehre bezweifeln? – daß ich die Frucht jener Austernacht bin.

Inhalt.